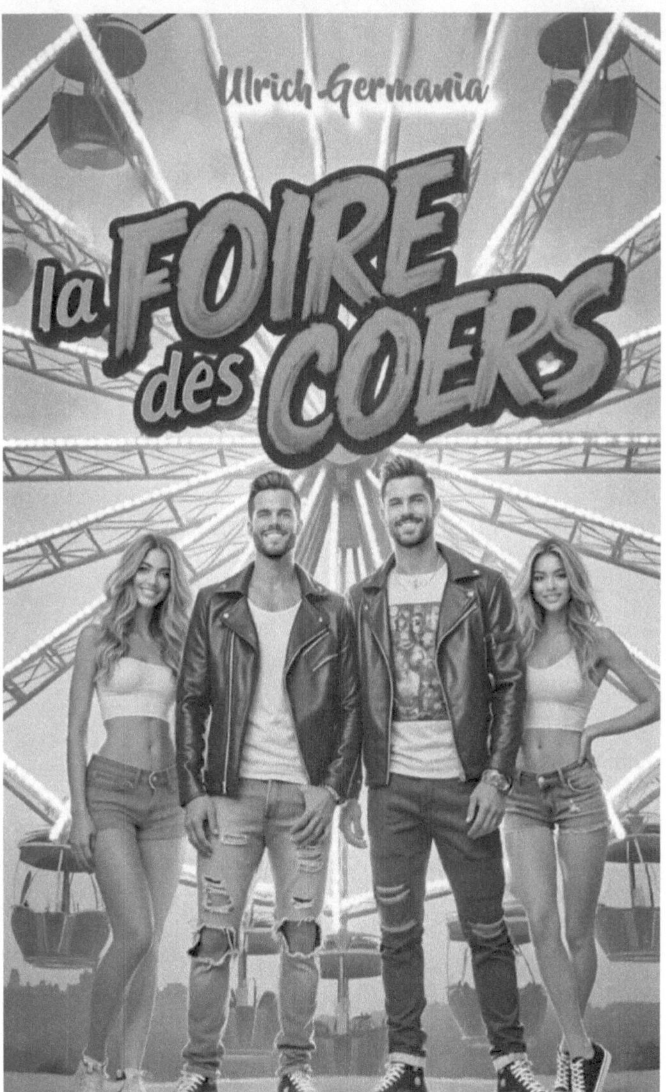
Ulrich Germania
la FOIRE dės COERS

Titre :
La Foire des Coeurs

Sous-titre :
Conte d'amour kitsch dans un parc d'attractions.

Série :
Rencontres romantiques à la fête foraine

Note de l'IA :
Une histoire d'IA, imaginée et révisée par l'auteur.
Traduit de l'allemand vers le français par une IA.

Auteur :
Ulrich Germania (c) 2025

Éditeur :
BoD · Books on Demand GmbH, In de Tarpen 42,
22848 Norderstedt, bod@bod.de

Pression :
Libri Plureos GmbH,
Friedensallee 273, 22763 Hamburg

ISBN : 978-3-7693-5766-0

Index

Notes :

Crédits photographiques :
Les images de la couverture et les illustrations du livre ont été générées par IA et modifiées à l'aide de programmes de manipulation de photos.

IA et traduction :
Histoire de l'IA, initiée et révisée par l'auteur.
Elle a été traduite de l'allemand au français par une IA. La traduction a été lue par l'auteur, légèrement modifiée et approuvée.

E-mail de l'auteur :
Ulrich.Germania@online.de

La fête foraine

Les lumières de la fête foraine brillaient dans la nuit, transformant la place du champ de foire en un océan de couleurs et de brillance. Des guirlandes de lampes multicolores se tendaient comme des guirlandes lumineuses entre les manèges, tandis que la musique des carrousels et des attractions emplissait l'air d'un mélange de musique pop et de voix excitées.

Les gens se pressaient partout - familles avec enfants, groupes de jeunes et couples de tous âges. Tous étaient venus pour s'évader quelques heures du quotidien et se plonger dans le monde magique de la fête foraine.

La grande roue tournait majestueusement au bord de la place et offrait aux passagers une vue imprenable sur le décor scintillant. À côté, un manège à chaînes faisait tourbillonner ses passagers dans les airs, accompagnés de cris enthousiastes.

Les auto-tamponneuses attiraient les jeunes qui se poursuivaient dans les voitures colorées.

Entre les manèges, les stands se succédaient : des stands de tirs attiraient les visiteurs avec des prix en peluche, des stands de tirage au sort promettaient la grande chance.

L'odeur des amandes grillées, du pop-corn frais et des saucisses épicées a envahi le site de manière alléchante, car les stands de restauration rapide proposaient des frites et des escalopes sur le gril.

L'atmosphère était électrisante. Les rires et la musique se mêlaient en un joyeux crescendo, tandis que les visiteurs passaient d'une attraction à l'autre. Chaque coin de la fête foraine promettait une nouvelle aventure, une nouvelle chance de s'amuser et de s'exciter.

Alors que la nuit avançait, la fête foraine ne semblait que s'animer davantage. Les lumières brillaient plus fort, la musique s'intensifiait et l'énergie de la foule pulsait comme un battement de cœur vivant dans les allées entre les attractions.

C'était un monde en soi, une oasis de joie et d'insouciance qui captivait chaque visiteur et promettait la magie d'un plaisir intemporel.

Lisa et Anna

En ce samedi soir tiède, Lisa et Anna étaient assises dans leur appartement commun du centre-ville.

Lisa, une graphiste de 25 ans aux longs cheveux blonds et qui a un faible pour les boucles d'oreilles fantaisistes, feuilletait un magazine en s'ennuyant. Anna, 24 ans, infirmière, était allongée sur le canapé et faisait défiler son smartphone.

"Je ne veux pas encore regarder Netflix ce samedi", gémit Lisa en jetant le magazine de côté. "Il faut faire quelque chose !"

Anna a levé les yeux de son téléphone. "Oui, je m'ennuie aussi. Tu as une meilleure idée que d'aller dans les bars habituels" ?

À ce moment-là, le téléphone portable de Lisa a vibré. Elle a ouvert le message et ses yeux se sont illuminés.

"Anna, ça y est ! Le calendrier des événements auquel je suis abonné annonce que depuis aujourd'hui, la fête foraine est en ville. Allons à la fête foraine" !

Anna se redressa, intéressée.

"Une fête foraine ? Ça a l'air amusant ! Cela fait une éternité que je n'ai pas été à une telle fête".

"Exactement !", s'exclame Lisa avec enthousiasme. "Barbe à papa, auto-tamponneuses, peut-être même un tour de grande roue. Ce serait quelque chose de différent".

Les deux amies se levèrent d'un bond et commencèrent à se préparer. Lisa choisit son jean court préféré et un haut qui laissait apparaître le ventre, et Anna dit : "Bonne idée, je vais m'habiller comme ça aussi".

"Tu ne crois pas que c'est trop sexy ?", demande Anna tandis que les filles se regardent dans le grand miroir.

"Qui sait", dit Lisa avec un sourire malicieux en se peignant les cheveux, "peut-être qu'on rencontrera des gars sympas".

Anna a ri. "À la fête foraine ? Ce serait comme dans un roman d'amour kitsch".

"Parfois, la vie écrit les meilleures histoires", répondit Lisa en faisant un clin d'œil à son amie.

Les deux amies se mirent en route avec une impatience non dissimulée. Le tram s'est arrêté juste devant le site de la fête foraine. Lorsqu'elles sont descendues, elles ont tout de suite entendu la musique, vu beaucoup de monde et l'odeur du pop-corn et les lumières colorées les ont immédiatement mises dans l'ambiance.

Lisa et Anna étaient prêtes pour une soirée d'aventure et, qui sait, peut-être pour une surprise qui changerait leur vie.

René et Alain

Ce samedi soir, René et Alain étaient assis dans l'appartement de René. L'architecte de 28 ans se prélassait sur le canapé tandis que son meilleur ami Alain, 27 ans et ingénieur en électricité, débouchait une bouteille de bière.

"Mec, qu'est-ce qu'on fait aujourd'hui ?", demanda Alain en buvant une grande gorgée.

René haussa les épaules. "Je ne sais pas. Retourner dans le quartier étudiant avec tous les pubs et les étudiantes ?"

A ce moment-là, le téléphone portable de Alain s'est mis à trembler. C'était un message de son calendrier des manifestations auquel il était abonné : "Aujourd'hui, début de la foire d'été sur la place de la foire" !

"René, allons à la fête foraine !", s'exclame Alain avec enthousiasme. "Nous y verrons sûrement de jolies filles".

Le sourcil de René se leva. "Une fête foraine ? Comme old school".

"Aller dans les bars, c'est aussi old school ! La kermesse, c'est exactement ce qu'il faut", rétorque Alain. "Auto-tamponneuses, grande roue, ambiance géniale. C'est là qu'on rencontre des femmes !"

Après une brève hésitation, René a accepté.

"C'est l'été. Un jean et un t-shirt, c'est tout ce qu'il faut porter. En fait, on peut partir tout de suite".

René s'est rapidement mis du gel dans les cheveux, tandis que Alain a déjà enfilé ses baskets modernes et a attendu à la porte.

L'impatience montait. Les deux amis étaient prêts pour une aventure à la foire - sans se douter que cette soirée serait meilleure que d'habitude.

Chez les autos tamponneuses

La fête foraine bouillonnait d'énergie. Les lumières colorées scintillaient, la musique grondait et les autos tamponneuses étaient le point chaud absolu pour les flirts et l'action.

René et Alain venaient d'acheter des jetons quand Alain a vu deux filles.

"Mec, il y a deux filles sexy là-bas", a-t-il chuchoté en hochant la tête en direction de Lisa et Anna, qui venaient de prendre place dans un bumper-car.

Les filles ont mis leur voiture électrique en position et ont attendu le départ. Lisa, avec son petit haut, était assise au volant et fixait d'un air entendu les jeunes hommes qui venaient de monter dans une voiture. Anna le remarqua, rit et fit un clin d'œil à son amie.

"La chasse commence", cria René.

La première collision était déjà intentionnelle : René a délibérément percuté la voiture des filles. Lisa a immédiatement répliqué, a pris un virage parfait et a foncé en arrière. Alain fait signe à Anna, qui lui répond, tandis que Lisa et René doivent se concentrer sur la conduite.

"Vous voulez donc jouer !", s'exclame.

Une course-poursuite effrénée s'est engagée. Les voitures se poursuivaient dans tous les sens, se percutaient, s'évitaient. Des filles qui crient, de la musique à fond, des lumières qui clignotent - la bande-son parfaite pour ce moment.

Après ce court trajet, tout le monde était essoufflé de rire. Ils ont ressenti l'adrénaline et la pure joie de vivre. Lorsqu'ils sont sortis des voitures, les garçons se sont dirigés vers les filles et René s'est contenté de demander :

"Envie d'une glace ?"

"Bien sûr !", ont répondu Lisa et Anna en même temps.

Le flirt avait commencé.

Glaces et premières discussions

Les quatre se sont dirigés vers un stand de glaces, encore sous l'effet de l'adrénaline des auto-tamponneuses.

"Je suis René", dit-il en souriant à Lisa. "Et lui, c'est mon pote Alain".

"Lisa", répondit-elle, les yeux brillants, en présentant son amie : "Et elle, c'est Anna".

Ils ont commandé de la glace. Lisa Fraise, René Chocolat, Anna Vanille et Alain a osé le melon d'eau à la menthe.

"Sacrée conduite", l'a félicité Alain en donnant un coup de coude à Anna.

"Vous n'étiez pas mal non plus", a-t-elle rétorqué en riant.

Ils ont trouvé un banc avec vue sur la grande roue. Les conversations allaient bon train.

"Qu'est-ce que vous faites ?", a demandé René.

Lisa a parlé de son travail de graphiste et Anna a dit : "J'espère que vous ne me verrez jamais au travail. Je suis infirmière et je n'ai pas envie de vous voir malades à l'hôpital".

René a ri et a dit : "Je suis architecte et je porte toujours un casque de protection quand je visite un chantier", et Alain a ajouté : "Je suis ingénieur électricien et je me tiens toujours à grande distance des lignes à courant fort".

"Haut sexy", dit René à Lisa.

"Merci, même conçu", répondit-elle fièrement.

L'alchimie était là. Les regards se sont intensifiés, on s'est rapproché.

"Alors, qu'est-ce qu'il y a ensuite ?", demanda René avec un sourire.

La nuit était encore jeune et personne ne voulait qu'elle se termine.

Tour de la foire en commun

Les montagnes russes surplombaient la fête foraine. René et Lisa, Alain et Anna y montèrent ensemble. Les wagons étaient étroits et les places assises peu nombreuses.

"Prêt ?", demanda René en regardant Lisa dans les yeux bleus avec un sourire.

Elle lui prit la main. Le premier virage arriva - et les rapprocha. La force centrifuge fit le reste. Lisa s'appuyait sur René, Anna se blottissait contre Alain.

Le train fonce à travers boucles et virages. Des cris, des rires, des battements de cœur. A chaque mètre, la proximité et la tension entre les couples augmentaient.

Lorsqu'ils sont descendus, leurs mains étaient toujours entrelacées. La fête foraine palpitait autour d'eux - musique, lumières, tentations.

"Par où ensuite ?", demanda Alain.

La nuit était jeune, les possibilités infinies.

LA FOIRE des
COERS

Au stand de tir

Un stand de tir les attirait avec des prix colorés et des lumières clignotantes. René et Alain échangeaient des regards éloquents.

"Mesdames, permettez-nous de vous montrer comment viser correctement", s'est vanté Alain avec un clin d'œil.

Lisa et Anna ricanaient, amusées.

"Eh bien, montrez-moi ce que vous avez dans le ventre, les gars !"

René saisit le fusil à air comprimé. Il s'est concentré sur la cible. Bang ! Touché !

C'était au tour de René. Sa langue entre les dents, il visait soigneusement. Bang ! Touché aussi !

Le propriétaire du stand a souri.

"Respect, les gars ! Choisissez vos prix" !

Sans hésiter, tous deux ont désigné les roses rouges.

"Pour toi", dit doucement René en tendant la rose à Lisa. Leurs doigts se touchèrent, un picotement la parcourut.

Alain fit de même et tendit galamment la fleur à Anna. "Une rose pour une rose", chuchota-t-il.

Les filles rougissaient, leurs yeux brillaient sous les lumières de la fête foraine.

"Merci", a soufflé Lisa en portant la rose à son nez. Le parfum sucré se mêlait à l'odeur de la barbe à papa.

La tension entre eux était presque palpable. La soirée était devenue si romantique et aucun d'eux ne voulait qu'elle se termine.

Romantisme dans la grande roue

La fête foraine avait transformé la nuit en un océan de lumières. Les nacelles de la grande roue flottaient majestueusement au-dessus de la fête foraine, ses projecteurs multicolores clignotaient de manière prometteuse.

"Prêt à prendre de l'altitude ?", demanda René avec un clin d'œil.

Lisa hocha la tête, son cœur battait plus fort.

Ils montèrent dans une gondole, René et Lisa dans une, Alain et Anna dans la suivante. Lentement, la roue s'est mise à tourner et ils ont laissé le sol derrière eux.

"J'ai un peu le vertige", avoua Lisa à voix basse.

René lui prit doucement la main.

"Ne t'inquiète pas, je suis là".

A chaque mètre, ils voyaient davantage la beauté nocturne de leur ville. Une rivière scintillait au loin, les lumières de la ville s'étendaient sous eux comme un tapis scintillant.

Arrivée en haut, la gondole s'est arrêtée. L'instant semblait figé.

"Lisa", murmura René. Elle se tourna vers lui, les yeux brillants dans la lueur des lumières.

Lentement, presque au ralenti, leurs visages se sont rapprochés. Le cœur de Lisa s'est emballé lorsque leurs lèvres se sont enfin rencontrées. Le baiser était tendre, plein de promesses.

Dans la nacelle voisine, Alain et Anna ont vécu leur propre moment magique. Alain et Anna étaient assis enlacés dans leur gondole.

La tension crépitait dans l'air. Alain se tourna vers Anna, leurs regards se croisèrent. Lentement, leurs lèvres se rapprochèrent.

Le premier baiser était doux, tendre. Le monde autour d'eux s'estompait, seul ce moment comptait.

Lorsque la roue s'est remise en mouvement, les couples étaient dans les bras l'un de l'autre. La ville tournait sous eux, mais pour les amoureux, le monde s'arrêtait.

Arrivés en bas, ils sont descendus en se tenant la main. Les couples sont venus à leur rencontre, tous avec un sourire entendu.

"Alors, c'était comment là-haut ?", demanda Alain en souriant.

"Époustouflant", répondit René sans quitter Lisa des yeux.

La fête foraine continuait de battre son plein autour d'eux, mais pour les quatre jeunes gens, un nouveau chapitre passionnant venait de commencer.

Danse et passion

La nuit était encore jeune lorsque René et Lisa, Alain et Anna ont découvert un jardin de la bière caché entre des arbres et une clôture en planches, en bordure de la kermesse. Des guirlandes lumineuses colorées s'étendaient sur la piste de danse, des tubes disco des années 80 remplissaient l'air.

"Danser ?", a demandé René au groupe et tout le monde était d'accord.

La musique des tubes de Michael Jackson et de Madonna a pompé dans les enceintes. La piste de danse était pleine de monde. René attirait Lisa contre lui, leurs corps bougeant parfaitement en rythme. Alain et Anna dansaient à côté en se regardant profondément dans les yeux...

Après quelques verres, l'ambiance s'est détendue. Les couples s'embrassaient entre les pauses dansantes, la fête foraine autour d'eux devenait floue.

"Je n'arrive pas à croire que nous nous soyons rencontrés par hasard ce soir", a chuchoté Lisa à l'oreille de René.

Il a souri : "Parfois, le destin écrit les meilleures histoires".

La nuit a été pleine de promesses, de passion et de moments inattendus.

Adieux et promesses

La fête disco de la fête foraine battait encore son plein lorsque les gérants ont commencé à fermer les stands.

René, Lisa, Alain et Anna savaient que la soirée magique touchait à sa fin.

"Il faut absolument qu'on se revoie", dit René à Lisa.

Ils ont échangé leurs numéros de téléphone et ont immédiatement créé un groupe WhatsApp appelé "Foire". De cette façon, tout le monde connaissait les numéros de téléphone des autres membres et il était assuré de pouvoir rester en contact.

Les garçons ont accompagné les filles jusqu'à la sortie de la fête foraine. Dehors, Anna appela un taxi. Pendant qu'ils attendaient, les couples profitaient des derniers instants. Des baisers chauds et passionnés se fondaient sous les lumières colorées de la fête foraine presque vide.

Le taxi est arrivé. Les nouveaux couples se sont séparés en se promettant de se revoir, mais seulement pour quelques heures.

Une fois rentrées chez elles, Lisa et Anna n'ont pas pu s'empêcher de s'extasier sur les hommes qu'elles avaient rencontrés.

Lisa a pris son téléphone portable et a écrit dans le groupe de la kermesse :

"On retourne à la foire demain ?"

"Bien sûr !", ont répondu presque tous en même temps.

Les messages volaient de-ci de-là, pleins d'anticipation pour le lendemain soir.

La nuit était finie, l'histoire d'amour des deux couples ne faisait que commencer.

Plus de livres de l'auteur

Si tu as aimé cette histoire d'amour kitsch dans un parc d'attractions, tu aimeras certainement les autres nouvelles d'Ulrich Germania. Beaucoup d'histoires parlent de rencontres romantiques dans des endroits insolites.

Note de l'IA : Ce qui suit s'applique aux histoires du parc d'attractions : Ulrich Germania a imaginé les personnages et l'intrigue, l'IA a écrit les histoires, puis elles ont été révisées et améliorées.

Foire aux cœurs
Histoire d'amour kitsch dans un parc d'attractions.
(ce livre)

Docteurs à la Foire
Ce n'est pas un roman médical, mais presque.

La déesse de l'Amour à la Foire
Un parc d'attractions avec une touche mystique

Écrit sans l'aide de l'IA :
D'abord la Vengeance, puis la Fiancée
Histoire kitsch du Far West

Docteurs
à la Foire

La Déesse de l'Amour
a la Foire
Ulrich Germania

www.ingramcontent.com/pod-product-compliance
Lightning Source LLC
La Vergne TN
LVHW041525190726
843491LV00009B/2919

* 9 7 8 3 7 6 9 3 5 7 6 6 0 *